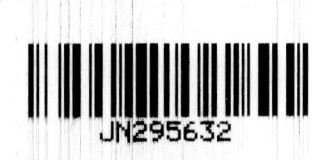

マンダラの歌

立川 武蔵

まえがき

この書の原稿を 1、2 分読んだ妻がいった。
「わけが分からなければ詩というわけではないのよ」
思わず笑ってしまったが、この「詩集」の本質を突いている。

彼女は人差し指 1 本で自分の本 1 冊分の原稿を打ったのだが、
つい最近まで CD、DVD、フロッピーの区別がつかなかった。
わたしの説明に納得して、妻がいう。
「わかった。フロッピーは『お風呂』と覚えればよいのね」

わたしは何でも冷蔵庫に入れる主義だ。妻は反対する。ある日、
「なぜそんなに何でも冷蔵庫に入れるの。あなたの先祖はレーゾーコなの」
それ以来、我が家では冷蔵庫は「ご先祖さま」と呼ばれている。

わたしはこの「詩」を「ご先祖さま」に入れるのではなく、「お風呂」に入れて持ち出し、国立民族学博物館に勤めていた時、マンダラ展の図録の編集でお世話になった石川泰子氏（編集工房ｉｓ）に編集をお願いした。そして印刷、出版は名古屋のあるむにお願いした。多くの人のご好意でこの妙な出版物はできあがった。ここに記して感謝したい。

ここに収めたもののいくつかは『マンダラ——宇宙が舞い降りる』（監修：立川武蔵、発行：大矢泰司、新国民社）1990,pp.5-19;『マンダラ——仏たちの住む空間』（発行：国立民族学博物館、新着資料展示コーナー・パンフレット）2000, pp.1-12;『島岩先生追悼文集』（編集：『島岩先生追悼記念文集』刊行会、金沢大学文学部比較文化研究室内）2007,p.1 に掲載されたものに変更を加えたものである。

時は神ではない。またこの世界の根源でもない。われわれが住む世界がその中を航行する次元というべきものであろう。しかし、世界が時の中にあることを許す次元が世界と時のほかに存在しなくてはならない。では、その世界と時を入れる容器もまた時なのか。もしもそうであるならば、時は幾層にもなっているといわざるをえない。このような時の構造を感じるためには詩が最適だと思う。これはそのような「詩の修行」の始まりである。

2008.03.29

立川 武蔵

目　次

1. コスモス

時はときおり
すばらしい結晶を見せる
やわらかでひたむきなコスモスを
見せる
時がおのれを開くのだ

2. 祭り

今は 祭りのとき
舞い上がる蝶のように
人々は高みへとかけのぼる
張りつめた時を求めて

舞い上がっては 降り
蝶は いくども弧を描いて飛び

やがて 見えなくなる

カトマンドゥ旧王宮ハヌマン・ドカ
（ネパール・カトマンドゥ）

3. プリズム

うす紫の小さな花を
つつましやかに積み上げた花房が
雨に打たれていた

スコールが止み
雨の滴が花房をつたい下りたとき
滴のプリズムが
日の光を裂く

もはや花ではなく

言葉も超えた

光の造形

4. マンダラ宇宙船

生あるものは
育ち 老い 死ぬ
それが 時の歩み

しかし 時の中にあるものは
なぜ変化するのか
それは 誰も知らない

マンダラ宇宙船は
光を放ちながら 回転する
時の相を 幾重にも 見せながら

浮かびあがったマンダラは
円盤のようだ
生あるものを乗客として
マンダラは航行する
時の海の中を

1982年　カトマンドゥ盆地にて

七母神のマンダラ
（バドラカーリー寺院、ネパール・カトマンドゥ）

5. 時の蛇

時が打つ太鼓に合わせて
踊る蛇
かたちのまだない世界を
囲みながら踊る

ものに形が生まれるとき
時に貫かれ
時の蛇に巻かれて
宇宙が舞い降りる

〈左〉水飲み場の海獣マカラ
〈下〉マカラの口から出る水を受ける
（ともにネパール・パタン）

6. マンダラ

須弥山の頂の上に
宮殿がそびえる
その宮殿の中央に
主尊が坐り そのまわりに
仏 菩薩 女神たちが並ぶ

地 水 火 風の元素が
須弥山の周りを取り囲む
炎輪 須弥山 宮殿 神々すべてが
ゆっくりと回転する

この世界に人は入る
聖なる時を求めて

法界マンダラ
（チベット）

7. 仏塔

むさぼりも怒りもなく
時の力さえ及ばなくなったところ
そこを涅槃という
仏塔は 仏陀の涅槃のシンボル

〈上〉ボードナート仏塔
〈右〉スヴァヤンブー仏塔
（ともにネパール・カトマンドゥ）

仏塔には 目や鼻が描かれる
仏塔のかたちは
ブッダの身体でもあるからだ
身体は 時の中にある

仏塔は身体というすがたを採り
時の中にありながら
時の彼岸をも
指し示している

スヴァヤンブー仏塔と鬼子母神の寺
（ネパール・カトマンドゥ）

8.　王の沐浴場

ここは パタンの王の沐浴場
スンダリ・チョーク
そこを大きな蛇が
とり巻いている
世界がまだカオスにあるとき
かたちのない世界という胎児を
原初の蛇がとり巻くという

地上より低いこの沐浴場で
神ヴィシュヌが水の中へと入る
妃と共に

スンダリ・チョーク
（ネパール・パタン）

TO TOUCH

マンダラの中で行われるこの秘儀を
神々が見守る
巨大な蛇に見守られたまま

ここは宇宙船の機関室
地上からわずかに低いところにある
燃料タンクも近くに見える
これはエネルギーのわき上がる泉

スンダリ・チョーク
（ネパール・パタン）

丸い機関室の内部

計器が並ぶように

神々が並ぶ

阿弥陀三尊。石膏版。1955 年

9. 時の太鼓

時は 太鼓の音
ひとつひとつ響かせながら
生命のリズムを
導いている

人は 時の太鼓を打ち続ける
打ちながら
時の中を進む
許された時の終りへと進む

音はひとりひとり
泣きながら ふるえながら
実を積みあげる
ブドウの房となり
そして消える

リズムに合わせて
時は踊る
すべてのものを
パートナーとして 踊る

友よ
呼んでも答えぬ者よ
声の届かぬところに
すでに行った者よ
時とともに進め

燃えながらふるえる
線香花火の玉のすがたを
時は見せる
そのようなすがたを
どこかで 見ていてほしい

泉の洗濯場
（ネパール・パタン）

10. 時のダンス

聞こえるか 友よ
時の太鼓の
ひたひたという音
そのリズムに合わせて
世界は 身をふるわせる

友よ 時のダンスを見ているか
ヘビが脱皮し サナギが蝶になるような
変幻の力で振りつけて
世界は時を舞う

踊るシヴァ
（インド・エローラ）

あなたと会い あなたと別れる
これは時のダンスの中のひとこまなのか

わたしに許された時間は少ない
ちぎれていくわたしの時は
再び集められることはない

わたしたちを生み育てた時よ
わたしたちの時の終わるとき
その素顔を見せてくれるのか

友よ あなたは時を舞っているか
もっと近くにいてほしい
わたしの時そのものである友よ

母神たち
（インド・エローラ）

11. 盲目の娘

黒い髪を肩で揺らし
竹笛のような声で
盲目の娘が歌う

インドの町の野菜市場
人が行きかう狭い道に
黒いサリーの娘は坐る

背をわずかに曲げ
乳房を尖らせ
自分を捧げるように
両手をさしのべて 歌う

何も見えぬはずの眼で
何かを見るように
娘は 歌い続ける
何かが見えているように

市場がふるえ
人々は動きを止めた

野菜市場
(ネパール・カトマンドゥ)

燃灯仏
（ネパール・パタン）

ネパールの娘

12. ブドウの実

時は 太鼓の音なのだ
太鼓の音に合わせて
人は小さな命の粒を
積み上げる

時は ブドウの実の房
一粒ずつ実がはじけて
ひとりひとりの命が終わる
それは 時という名の死神の戯れ

「サール」と呼ばれる花
（ラオス・ヴィエンチャン）

13. 神々に会う

時の裂け目から訪れたような
恐ろしきすがたの神々に
血を凍らせても
人は 会おうとする

素手で 血を流しながら
刻んだような
神のすがたが岩に残る

わたしも 見たいと思う
すべてのものがそこから生まれ
それによって生き そしてそこに帰るものを

ターラー女神
(ネパール国立博物館、カトマンドゥ・チャウニー)

14. 犬

轢かれた犬を抱きあげる
白い毛から伝わる重さ
これが 死の重さなのか

こんなにあたたかく 柔らかな
死の肌ざわり

細い目がわたしを見て
閉じた

〈上〉昼寝するシロ。1958 年 8 月
〈右〉山のある街（ネパール・バクタプール）

無憂樹（アショーカ）
（インドネシア・バリ島）

15. 楓

覚えていますか
赤 黄 そして緑の葉を
揺らせてわたしたちを迎えてくれた
あの楓
あの大木は 老いていたのです

あなたが帰国した後
若く細い楓の樹々は
突然に緑の葉を黄色に変え
ある朝
葉をすべて落としました

わたしたちが下宿の窓から見ていた
栗の木
窓を覆うばかりに葉を繁らせていたあの木が
わたしを迎えてくれることはありません
最近 下宿を変えましたから

いつしかわたしは 樹々を見なくなりました
今は 楠の花の狂おしい香りもなく
ライラックの香りもなく
あでやかな楓の葉も ありません
このところ ボストンは 雪です

赤や青のランプが 家々の玄関に
点滅するのを見ながら 下宿に帰ります
庭の芝を覆った雪に
赤や青の豆電球の光が 沈んでいきます
もうすぐ クリスマスです

インド菩提樹
（インド・プネー）

バニヤン樹の気根
（インド・プネー）

16. 時の贈りもの

人ごみを歩いていても
懐かしい人が立っているような気がする
樹木の葉を見上げると
すがすがしさが こぼれ落ちる
夜 窓からさしこむ光と共に
優しい精霊が降りてくる

これは時の贈りもの
時がおのれを開いて
垣間見せてくれるのだ
時が見せるその世界を
マンダラと呼ぶ

千数百年の年月をかけて 人々は
そのような時からの贈りものの記録を
残してきた
それがマンダラの歌なのだ

スヴァヤンブー仏塔を望む。1982 年
(ネパール・カトマンドゥ)

17. 夢 —1969.9.6 —

すこしばかり痩せた父は
黒い中国服を着て
ローソクの灯った
赤い提灯を手に持った

父が死んだのだ
この間 声を聞いたばかりなのに

人は死んで
旅に出る という

わたしたちが住んだ
あの家の玄関で
母がいる
若くなっている

母は もうとっくに
死んだはずなのに

ヨーグルトの容器を運ぶ人
（ネパール・バクタプール）

18. 夢のダックスフント

亀が涙することも
あるのですね
水際まで這っていき
泣いていました

大食らいの魚が
人間と友達になりましたよ
頭をなでられながら
一緒に泳いでいました

鮫が漁師に殺されるのを見て
ダックスフントが逃げだします
犬のよわむし

水を浴びる子どもたち
（ネパール・カトマンドゥ）

19. マシュマロ

棒にさしたマシュマロを
暖炉で焼いて
小さな女の子が
わたしに 食べよ という

青いランプと銀色のかざりの
クリスマス・ツリー
その前で人々が話している

それぞれが
師であり 友であり
友の妻であり そして
父であり 母であるけれども

彼らは なんとかわいらしく
創られているのだろうか

人々が時の
あやつり人形のように動いている
すべての人を吊り下げる糸が
ときおり 青いランプの光で
光る

水田で働く
（ネパール・カトマンドゥ）

町（ネパール・バクタプール）

20. ガーベラ

ここは 異国の町の赤レンガ
あなた 覚えていますか

ふたりがはじめて訪れた
奈良の町の小さな寺の
庭に咲く
丸く赤い花

わたしたちが見た
あの花は
今も咲いているでしょうか

咲いているとわたしは思う
咲いているとは思うけれど

一人では 妻よ
あの花を
見に行かないでほしい

ポインセチア
（ネパール・カトマンドゥ）

21. 夢 — 1970.5.20 —

デモに出て殺された学生の弔い
われわれ二人は急いで
宝石箱のような棺を
担ぎあげ 歩き出した
相棒は 小学校の時の
耳のわるい友達だった

棺はみるみる細くなり
中から液が湧いてきた
透き通ったにおいもない水が
あふれ出た

棺が歌い始めた
細く高い声で
どこかで聞いたことのある歌だ
水はもう流れていない

墓場に着くと
多くの人が待っていた
しかし 彼らには歌声が聞こえない
こんなにはっきりとした声なのに

霊場のリンガ
（ネパール・パルピン）

貯水池
（ネパール・バクタプール）

パシュパティナート寺
（ネパール・カトマンドゥ）

霊場の水（ネパール・パルピン）

22. 郡上の盆おどり

今年始めて三百おどり
おかしからずよ他所の衆が
郡上の盆おどりの歌が聞こえる

ここは カトカンドゥ
血の犠牲を求める
女神ダッキン・カーリーの寺

この寺に沿って
川が いけにえの血を洗いながら
青い面を見せて流れる

川の底から
黄 赤 緑などの色の浴衣を着た娘たちが
浮かび上がる
彼女たちは インドの七地母神

数珠を持ち 太鼓を鳴らし
剣をふりあげ 黒髪を揺らせて
カーリー女神の前に並んだ

郡上では 今年も
娘たちが踊っているのだろうか
青い川面からは
女神たちが立ち上がっているのだろうか

亡き人を想う
（ネパール・カトマンドゥ）

23. 仏塔と樹

屋上に出ると
回りはレンガ塀に囲まれていた
中央に樹があり その横に
背ほどの仏塔がある

人声もなく 物音ひとつしない
赤みがかった青い絵の具を
塗りこんだような空

わたしは出口を探したわけでもなく
塀の上から
外を見ようともしなかった
ここには何度も訪れたことがある
わたしは
ここに住んでいるのかもしれない

屋上は わたしの心の空間
樹は 生きている自分
仏塔は わたしの時間の終わりだ

なぜ 誰もいないのか
わたしはただ一人なのか

著者プロフィール

立川武蔵（たちかわ・むさし）
1942 年、名古屋に生まれる。
1967 年、名古屋大学大学院博士課程中退（1980 年文学博士）。
1967-70 年 11 月、ハーヴァード大学大学院留学 (1975 年 Ph.D.)。
1970 年 12 月 -1992 年、名古屋大学文学部講師、助教授、教授。
1992-2004 年、国立民族学博物館教授（2004 年同名誉教授）。
2004 年、愛知学院大学文学部教授となり、現在に至る。

著書に、*The Structure of the World in Udayana's Realism*, Reidel, 1980
『女神たちのインド』せりか書房　1990 年 (1991 年アジア太平洋賞)
『中論の思想』法蔵館　1994 年 (1997 年中日文化賞)
『ブッダの哲学』法蔵館　1998 年
『空の思想史』講談社　2003 年
『ブッディスト・セオロジー』(I-IV)(2006-2007 年) などがある。

2002 年、中村元東方学術賞
2006 年、東海印度学仏教学会学術賞
2008 年 5 月、紫綬褒章

写真撮影

横田憲治（日本写真家協会会員）…pp.6-7, pp.11-13, pp.19-25, pp.28-31, p.43, pp.48-56, p.59
上記以外は立川武蔵撮影あるいは制作

マンダラの歌

発行日　2008 年 5 月 30 日
著　者　立川武蔵
編　集　石川泰子（編集工房 i s）
印刷・発行　株式会社あるむ
〒 460-0012　名古屋市中区千代田 3 丁目 1 番 12 号 第三記念橋ビル
電話（052）332-0861　FAX（052）332-0862

ISBN 978-4-86333-006-1　C0092